DU MÊME AUTEUR

Toute une vie, nouvelles et autres textes, lettre de Pierre Garnier, Engelaere éditions, 2008/2009
Je ne suis que le regard des autres, nouvelles et récit-par-fragments, Z4 éditions, 2018

Regards hallucinés, poésies & notes, préface de Bernard Noël, Lanore, 2005
Poésies non hallucinées, & rescapées, éveillées, zen, poésies & notes, anonymes calcinés de Christian Jaccard, éditions du Petit Véhicule, 2017

La Poitrine étranglée, Poème pour les ouvriers, le Temps des Cerises, 2005
Méta / mor / phose ?, poèmes, Première impression, 2006
Solitude, poème, supplément à la revue *Passages*, 2009
Le Monde la vie, poème(s), éditions du Zaporogue, 2010
La Souffrance du monde, poèmes, éditions du Zaporogue, 2011

En regard, sur Bertrand Créac'h, poèmes, éditions Dumerchez, 2007
En regard, sur Lino de Giuli, poèmes, éditions Dumerchez, 2014
En regard, sur Bernard Gabriel Lafabrie, poèmes, éditions Dumerchez, 2018

Bernard Noël, le Monde à vif, essai, le Temps des Cerises, 2010

Écrire le cri, essai, préface de Pierre Bourgeade, l'Écarlate, 2000
Chroniques pour une poésie publique suivi de « *Mais où est la poésie ?* », essai, éditions du Zaporogue, 2014

Site principal : *alainmarcecriture.wordpress.com*

Journal à deux voix
suivi de
Quelques notes en deux étapes

Alain MARC

JOURNAL
À DEUX VOIX

suivi de

QUELQUES NOTES
EN DEUX ÉTAPES

— nouvelle blanche —

© : Z4 Editions
Illustrations : Diptyque intriqué "Miroir",
huile sur toile et impression sur alu dibond, 70x226
© Emmanuel Rémia
ISBN : 978-2-490595-02-0

Je, est toujours un autre…

JOURNAL À DEUX VOIX

Je m'ennuyais fortement dans ma vie et ne savais que faire pour passer la mauvaise passe où je m'étais fourré. Je décidai de suivre quelques cours au célèbre Collège de France, place Marcelin-Berthelot, et m'intéressai à l'œuvre de Pierre Bourdieu. Je réussis à trouver un petit appartement à Levallois-Perret, en bout de la ligne 3 du métropolitain.

Je connus assez vite une jeune étudiante âgée de quelques dix ans de moins que moi. Ce fut aussitôt le coup de foudre. L'épaisseur de la semelle de ses chaussures, sa jeunesse et la pâleur de la peau de son visage agirent sur moi comme un véritable coup de tonnerre dans la petite routine qui caractérisait si bien ma vie à peine abandonnée.

Pendant tout le temps de nos rencontres étudiantes je lui envoyais ces "lettres" qui étaient en fait des compilations des dernières idées et réflexions qui me traversaient l'esprit lors des moments de repos ou de travail que je passais à préparer le séminaire de la semaine suivante, et qui reprenaient parfois des paroles prononcées les jours précédents, pour mieux les souligner, ou les reprendre. L'idée m'en vint lors d'une nuit où les idées et rêves de la rencontre amoureuse que je désirais si intensément sans toutefois arriver à l'instaurer m'empêchèrent constamment de trouver le sommeil. Après la surprise de la première lettre je lui demandais seulement, quelquefois, si elle avait bien reçu mon dernier envoi. J'étais à cette période encore partagé entre la voie de la poésie et celle de la fiction. Je le mesure encore plus aujourd'hui maintenant que je suis devenu ce romancier dont chaque nouvelle production voit son nombre de critiques *élogieuses étalées dans la presse nationale et les magazines parisiens et alors que je viens tout juste de relire l'intégralité de ces lettres. Elle me répondait simplement par un petit hochement de tête ou un léger sourire. Voici le paragraphe que je lui envoyai en en-tête de ma première lettre :*

« *Réflexions à prendre comme un cadeau, une offrande.*

(Donne-moi les tiennes. Ne te censure pas. Si tu veux bien entrer dans ce jeu, dans ce jeu de la vie, cela sera le trait d'union de nos conversations, en prenant comme adage premier que chaque réflexion n'est là que par la cause d'un certain point de départ, et qu'elle n'a pas de destinataire particulier. Elles chercheront toutefois à s'insérer dans le secret de nos individualités. Cela pourra alors former un livre à deux voix. Et si un beau jour nous étions amenés à ne plus connaître nos lieux de passages respectifs, je ne récuse pas l'idée d'ouvrir une poste restante, afin de ne pas en casser le fil…) »

Je livre ci-après telles quelles toutes les lettres que je lui adressai.

Levallois-Perret, samedi 11 novembre 2000

Il faut que tu domptes ton corps... ton corps et ton esprit.

Le mystère est un art, un art à ériger au sein de l'archipel de nos habitudes de la quotidienneté.

L'écrit représente bien pour moi le seul moyen de sublimer la vie terrestre.

Fais toujours face à ce qu'il t'arrive avec la sérénité et la sagesse de celui qui possédera toujours la confiance en cette force extraordinaire qui nous meut.

Moi qui n'aime pas le jeu, je viens ici t'en proposer un que tu pourras même détourner jusqu'à devenir pervers.
Surtout n'hésite pas à utiliser toutes les opportunités.

La solitude est bien le seul endroit où on peut encore se réfugier.

Le désir de la rencontre amoureuse vient sous-tendre l'échange et créer l'illumination. Alors peut-être repousser la rencontre tout en l'alimentant suffisamment pour pouvoir continuer à jouir de la venue des révélations.

Le diabolique est une autre dimension absolument productive. Mais là aussi, il y faut une pointe d'art.

Les moments où nous nous sentons vraiment nul mettent parfois au plus grand jour nos plus secrètes intentions. À l'autre de les saisir au vol.

N.B. : As-tu lu les *Lettres à un jeune poète* de Rainer-Maria Rilke ? Si ce n'est le cas fais le. C'est un livre de table de chevet à lire et à relire.

Levallois-Perret, dimanche 12 novembre 2000

À chaque fois qu'il se penchait pour lui lancer quelques mots, il entrait dans ses cheveux. Subreptices frôlements.

Quelques jours plus tard, elle se décida à se pencher vers lui et à le couvrir quelques instants de ses exquises douceurs.

Un groupe de mots est lancé, projeté dans l'espace typique de la conscience qui n'a vraiment rien à se mettre sous la dent. Le groupe de mots est sorti de son sens premier. Alors commençons par le vider, le vider jusqu'à lui faire reprendre le sens qu'il avait avant d'être volé de son contexte. Viol. Car c'est bien d'un viol qu'il s'agit, d'un viol effectué sans vraiment y avoir pensé. Comme dans tous les cas de viol d'ailleurs où la conscience ne mesure pas la portée de ses actes.

Le vider donc pour qu'il redevienne lui-même, même hors de l'ensemble où il se lovait si bien. Deuxième accouchement.

Ce groupe de mots devient véhicule, pont de dialogue. *« Tu parles de rencontre amoureuse. »* Attention qu'il ne tourne pas au dialogue impossible.

Pris à contre-pied, il devient acte avant l'acte. Il nomme avant que la réalité puisse être nommée. Détournement de sens, sens profond d'une vie menée en fait à partir d'un premier hasard.

Entendons-nous bien donc et réamorçons les approches telles qu'elles auraient dû être.

Rencontre : seule convenue.

Rencontre intellectuelle qui n'aura existé que par les mots. Avant, on l'aurait dénommée « rencontre romantique ». Rencontre de l'enfant qui fantasmera toujours les moindres minutes qui vont suivre.

Terrorisme. Détournement du détournement. Là est bien la perversité… de la chose.

Et bien il n'y a qu'à continuer la perversité entamée, et continuer le détournement pour arriver à la rencontre, la vraie, celle qui était justement dans l'esprit… avant le détournement !

Diabolique, tout cela est bien… diabolique.

Il la mit face à lui, lui prit les deux épaules et la regarda droit dans les yeux. Il lui dit :

– Si j'avais un malaise et que je tombais devant toi : est-ce que tu viendrais me secourir ? Comme un inconnu ou avec un quelconque sentiment d'amitié pour les quelques heures que nous avons passées ensemble ?

L'écriture a ce côté obscène : tiens, il pensait cela. Cela m'est arrivé aussi mais je n'aurai jamais oser en parler à haute voix. Ou alors : Ah, maintenant j'en suis sûr, ces paroles me donnent la preuve que je n'avais vraiment pas tort de penser cela.

Le jeu du chat et de la souris : bien sûr, on a envie d'être rassuré.

Là où il sema du désir, il récolta de la confiance. Il ne fut pas vraiment satisfait et se questionna toute la journée sur le pourquoi de cette réponse.

N.B. : Connais-tu les *Lettres d'Amour d'un soldat de vingt ans* de Jacques Higelin ? Un élan sublime traverse ces lettres. Une centaine envoyée à une femme restée à Paris, pendant deux ans de relation.

Levallois-Perret, jeudi 16 novembre 2000

Il la rencontra dehors et s'approcha d'elle.

– Ferme les yeux, lui dit-il.

Il vit qu'elle s'exécuta fidèlement et lui posa alors doucement un baiser sur les lèvres. Ce fut là... leur premier baiser.

Je voudrais que tu sois ma Lou Andréas Salomé... ou ma Lili Brik.

Quand elle l'aperçut, elle eut ce sourire resplendissant qui ne peut tromper un homme sur les sentiments d'une jeune fille à son égard.

Pourquoi toi ? Je ne sais pas !

Tout a tellement été si vite. Elle est venue à lui. Ils se sont parlés, et une intimité, aussitôt, est née.

En l'embrassant il fut frappé par la douceur... de sa peau. Peau blanche qui avait encore la douceur... juvénile.

Dans une bibliothèque qui lui rappela celle des *Ailes du désir*, il arriva derrière elle et mit ses deux mains sur ses yeux.

Elle se retourna et sourit tendrement.

Levallois-Perret, mercredi 22 novembre 2000

Dans une basilique parisienne, elle voit un homme assis sur un banc qui l'appelle en lui faisant des signes de la main. Elle s'approche.

– Voulez-vous vous confesser mademoiselle ?

D'abord surprise, elle accepte de suivre cet inconnu en se doutant très bien de la supercherie. En le suivant, elle se laissa aller à sa curiosité naturelle et à son penchant pour l'aventure.

– Tu me dragues. tu vas me jeter dans les escaliers !

– Oui, comme Anna Karénine, dans une insoutenable… *légèreté de l'être.*

Draguer. Il n'est pas inutile que je redise que j'exècre ces hommes qui draguent. L'ironie est souvent la première marque qui permet de reconnaître cette activité bassement humaine qui s'exécute le plus souvent le sourire en coin. Tirades floues, à double sens. La réponse féminine, quand la tactique accroche, répond souvent sur le même mode. Le « tu » peut même fuser très vite, dans une impression de proximité, d'intimité qui serait soudainement apparue.

— Oh arrête, répondit-elle de sa voix douce en traînant légèrement sur la syllabe -*rête*. Le même sourire sous-entendu se lisait alors sur son visage.

Je t'aime. Quelle est donc cette impression floue qui me traverse le corps et le cœur. Je t'aime. Pourtant il est d'usage courant de ne pas dire ces mots à la légère !

Il y a plusieurs « Je t'aime » : l'instantané, pour la journée et le mûri, pour la vie.

J'éprouve une jouissance à me dévoiler. Comme si me dévoiler pouvait servir à la terre entière. Dans ce système où la communication reste à jamais… incommunication.
Quelques-uns en sortent et montrent une autre voie.

Ce « je » n'existe bien que par son énoncé.

Michel Leiris n'hésite pas à dévoiler la part la plus intime de son être. Tout se résume en un seul mot : peur.
Tout se résume dans cette peur qui devient impuissance.

Je – je suis je parce que je dis je – souffre.

Mon être englobe son être, comme s'il n'y avait qu'une âme. Et parfois je découvre avec horreur que le mécanisme destructeur était encore enclenché.

J'ai envie d'elle. Dans un désir. Universel. Elle ne peut que suivre. Cette force. Qui se dégage.

– Viens, suis-moi. Non, ne t'en vas pas. Ne me laisse pas. Seul. Tout seul. Je serai à jamais. Seul. Sans toi. Je t'en supplie. Je suis là. Je t'aime. Tu ne peux pas. Non, il ne faut pas. Non, je ne veux pas. J'ai peur. Mais je ne le dis pas. Regarde-moi. Regarde. Mon regard. Vide. Des pleurs silencieux. Sortent des prunelles. Tu ne pourras pas, les toucher. Ils sortent de mon cœur. D'enfant. Ils sortent de mon cœur. Meurtri. mamAN !

> Elle est partie
> Elle m'a laissé
> là
> tout seul
> Il faut que je vive
> maintenant
> avec ce cordon
> coupé
> qui sort de mon ventre
> comme un membre qui resterait toujours
> en érection
> tendu
> par la peur

qui tenaillera toujours

les entrailles

Cette Érection

sera toujours

et à jamais

entre elle

et moi

Où est donc la frontière entre la réalité... et l'imaginaire ?

Je suis à peu près sûr que la plus grande partie de ce qu'elle m'a dit est purement imaginé.

Ah ce foutu esprit féminin !

Garder en mémoire ces premiers mots : « Chaque réflexion n'a pas de destinataire particulier ».

Seulement une origine qui est la naissance spontanée de l'idée. Bien sûr, il y a le germe, entre réel et imaginé.

C'est pourtant

bien mieux ainsi

Je n'étais pas près

à changer ma vie

Elle aurait dû
d'abord accepter
cet état de fait

Je voulais que tu sois ma Lou Andréas Salomé… ou ma Lili Brik (là ils étaient trois : une femme et deux hommes. Moi je n'envisage que l'inverse un homme et deux femmes. Je ne peux qu'envisager les choses comme cela).

Même quand je suis sur le corps d'une femme et que je lui dis « Je t'aime », j'ai toujours cette désagréable sensation que mes paroles restent à la surface…

Payer une femme : oui, à condition qu'elle soit une « belle de jour »…

Quoi qu'il arrive, j'aimerai qu'on reste ami.

Levallois-Perret, lundi 27 novembre 2000

Écrire : c'est s'offrir aux voyeurs, mais c'est aussi devenir voyant.

Certaines phrases prouvent l'état de panique intérieur qui était présent dans le moment énoncé. Ce moment où l'extérieur a rejoint l'intérieur, en ayant ôté le masque qui normalement est censé filtrer toute sensation personnelle.

– Veux-tu parler avec moi ?

Il lui prit le bras et malgré tout ce qui s'était déjà passé entre eux, elle

accepta.

Puis-je te dire que je t'ai trouvé belle ? Tes jambes étaient nues et obscènes. Elles montraient la voie… de ton sexe.

Ne me demande pas pourquoi je te dis tout cela ou pourquoi je t'ai déjà dit tout ce que je t'ai dit lors de nos rencontres.

Tu vois, tu es déjà un personnage !

Rencontre : seule déconvenue.

L'art, et donc l'écriture, seront toujours une… manipulation.

Levallois-Perret, dimanche 3 décembre 2000

Tu es en train de lire… ta propre histoire. Et pourtant tu relis avec intérêt, parce qu'elle est vue… par un autre regard (n'est-elle pas là aussi la perversité dont je te parlais ?).

Est-ce que tu fais partie de ces filles à qui on a dit de ne jamais faire l'amour sans aimer ou de ces filles à qui on a plutôt conseillé, en guise d'éducation, de regarder les films de *Canal*+ de la fin de la nuit ?

J'aime ce jeu entre le « je » et le « il ».

Aller vers toi répondait pour moi d'un mystère.
Aujourd'hui, le mystère n'est toujours pas… élucidé.

Je l'ai revue, et l'ai trouvée… belle.

Oui, j'ai pensé qu'elle m'a manqué, mais est-il nécessaire… de le dire ?

Je la pensais partie à jamais… de ma vie. Je la voyais aussi, devant moi après une longue absence, la touchant de mes mains tendues et lui demandant si je n'avais pas devant moi un… fantôme !

Attirer, séduire : non, vraiment je n'en ai plus envie. C'est aussi en cela que je me ferme petit à petit au monde. Voilà bien pourtant une envie typiquement masculine.

Tout quitter. C'est bien : j'admire. Comme un écho… dans ma propre vie.

Lettres remises en retard. Retour… en arrière. Flash-back dans la mémoire, qui s'efface parfois trop vite.

J'ai parfois relu et suis devenu lecteur de mes propres écrits. Je les ai parfois trouvés un peu fade. La saveur, après l'amour enfanteur (et enchanteur), était devenue par trop fade.

Et on dit que l'amour rend aveugle !

Décalage, dans l'analepse… de nos méandres.

Il faut se méfier du côté frappe à la machine à écrire. Cela impressionnera toujours, créera ce mouvement de recul, comme le myope qui enlève ses lunettes et éloigne son journal pour mieux voir, qui peut faire passer un texte mauvais pour un texte superbe.

Te faire l'amour avec les mots. Est-ce que la littérature… en serait capable ?

Je veux que tu lises mes lettres dans le silence… de tes ténèbres.

Mais « Tu », « Je », est-ce vraiment toi, est-ce vraiment moi ?

Je suis en train d'écrire un roman. Un roman à deux personnages (au début, il faut savoir rester simple !). C'est une histoire d'amour qui commence lentement, sur un malentendu. Les deux personnages se cherchent. Je ne sais pas encore comment l'histoire finit.

La fiction peut-elle rejoindre un jour... la réalité ?

Levallois-Perret, vendredi 8 décembre 2000

Elle a répondu… qu'elle ne savait pas écrire.

Aragon lui, a toujours dit… qu'il n'avait jamais appris à écrire (Aragon, *Je n'ai jamais appris à écrire ou les incipit*).

Voilà bien la contradiction féminine qui dit non quand elle voudrait que l'amant continue et qui repousse l'élan conquérant pour mieux voir le deuxième arriver.

L'homme est nettement plus primaire : il dit oui quand il a envie et non quand cela ne l'intéresse pas.

La perversité, ce jeu qui est bien féminin, laissera toujours l'homme à côté… de la question !

Tout laisser tomber pour quelqu'un. Voilà bien le plus grand geste d'amour, de l'amour fondateur.

Geste à haut risque, cependant : jouer sa vie, sur un élan, primitif.

C'est toi, et toi seule, qui guide mes faits et gestes, qui guide les moindres gestes que je peux faire en ta direction.

Étincelle
qui déclenche une réaction
dans l'action ou
l'in… action.

Je n'aime vraiment pas les lieux noirs, investis par la foule.
Flot humain
grouillement
où se mélangent
les multiples transpirations
individuelles.
Je prends aussitôt la fuite, avant que le malaise ne monte à l'étouffement.

Si certains de mes mots te font mal, ou t'ont déjà fait mal : éloigne-toi en, et prends le « tu » pour un personnage, pour ce personnage qui n'est d'ailleurs fait… que de papier !

Le mystère prend toute son ampleur… dans le silence.

Il faut que je fasse attention : les mots sont parfois de véritables armes. Ils peuvent être aiguisés comme les lames des couteaux… qui assassinent.

Envie de l'autre, alors que la rencontre n'a toujours pas eu lieu : moment étrange, et plein... d'imagin

ation !

Une fois que l'histoire a été écrite, il est impossible de la vivre. Une fois que l'histoire a été rêvée, il est également impossible de la vivre un jour : car tout le monde sait bien qu'on ne revit jamais deux fois la même histoire !

Alors il faut bien vivre les moments présents en acceptant les bas, ces moments qui sont vraiment ratés !

Ceci est une expérience, unique en son genre : deux personnages se rencontrent régulièrement. Mais l'un écrit clandestinement des lettres qu'il envoie à l'autre. Ils ne s'en parlent pas, ou pas toujours : elle lit, et lui ne sait pas ce qu'elle en pense.

Je me suis déjà demandé s'il fallait arrêter ou continuer.

Tant que l'énergie et l'enthousiasme d'écrire sont là : pourquoi arrêter ?

Soyons assez adulte pour vivre notre singularité.

Créer la vie. Créer sa vie. Afin qu'elle soit belle. Afin de ne pas subir. Ce qui entoure. Ce qui contraint et ce qui use. Créer sa vie grâce à ses rêves. Grâces aux rêves qu'on ose vivre. Oser vivre ses idées. Uluberlues. Pour être libre et heureux. Du bonheur ainsi créé.

Car « Où est le bonheur ? », demandent certains. Il ne peut être... qu'ici !

La souffrance, est la première manifestation... de l'amour.

Levallois-Perret, dimanche 10 décembre 2000

Tout cela n'est que l'expression d'une idée. Une folle idée. Oui ! Un premier jet… à retravailler.

Le temps du discours (et donc de cette expérience) : il y a le temps de l'histoire, le temps de l'écriture, le temps de la lecture puis, à côté, le temps de l'écrivain, le temps du lecteur et enfin le temps historique (celui qui a fait l'objet de l'histoire).

Je n'ai qu'un regret : ne pas arriver à la rencontrer plus étroitement.

Il reste à casser l'écorce : celle qui nous empêche d'être vraiment nous-mêmes, celle qui nous empêche de nous rencontrer, vraiment.

As-tu deviné, que tu es, depuis quelques temps, que tu es ma muse, celle qui attise mes plus secrètes pensées ?

Il préférait poster ces lettres et ne plus les lui remettre « sous le manteau ».

Il se sentait ainsi plus libre et ne sentait plus la gêne, que ce soit la gêne de celui qui donnait que de celle qui prenait subrepticement l'enveloppe, ou que ce soit la gêne d'eux deux, même à peine... prononcée.

J'écris certaines choses, uniquement parce que j'ai plaisir à les écrire.

Même si ces paroles viennent se lover sous un « je », avec le plaisir d'écrire comme moteur premier, il faut que tu saches qu'il y a un décalage entre moi et mon être écrit, donc entre mon être écrit et mon être dans la vie.

De ce fait naît sûrement la notion de personnage, même si l'écrivain ne le veut pas, même sous le simulacre d'une écriture autobiographique.

Et toi tu n'es, également, qu'une image approchée de la réalité : tu n'es (et ne seras toujours) que l'image que je me fais de toi. Tu n'en es en plus que l'image écrite : cette image qui apparaît... comme une autre naissance.

Nouvelle raison pour ne considérer toutes ces paroles comme n'ayant en destinataire que le personnage et non l'être initiateur.

Il y a ce côté dur où je ne sais pas si ces lettres sont lues, si elles sont appréciées ou haïes.

Je commence à me demander si je dois continuer ou tout arrêter. Peut-être continuer à écrire ces lettres, et ne pas les envoyer...

Un signe, pourquoi ne me fait-elle pas un signe ?

L'amour que j'ai au fond de moi, ne peut-il s'exprimer que dans la solitude de l'incompréhension ? Ne peut-il s'exprimer que dans la trame d'une feuille de papier ?

Oui je l'ai aimée, mais d'un amour... aveugle !

Levallois-Perret, samedi 16 décembre 2000

Tant qu'il y a mystère, il y a envie. Tant qu'il y a envie, il y a   désir !

Trouver le ton, qui suscitera une parole, une discussion, un rapprochement. Écrire des paroles, uniquement pour susciter… une réaction. Comme une bouteille à la mer.

Le sentiment, telle une impression, d'avoir été trop loin. Cependant, pourquoi me limiterais-je ?

Avant, après chaque séance de pose, il commandait toujours un deuxième tirage des meilleurs clichés qu'il remettait aux filles qui avaient bien voulu poser pour lui.

Ce que je peux vivre dans l'écriture est beaucoup plus important que ce que je peux vivre dans la vie.

Ce qui serait amusant, ce serait qu'il prête à son personnage des paroles que la personne réelle n'a pas dites dans la réalité des propos échangés (toujours cette recherche de la réaction, de l'abréaction !).

Mais ne pas atteindre l'ennui, le rejet.

Poster les lettres avec un décalage... pour ne pas tomber dans l'illustration.

Tout est savamment orchestré.

Cela permet de garder le souvenir des moindres détails qui ont traversé l'esprit. Car souvent, quelques jours plus tard, tout est enseveli, dans l'oubli.

Juger du moment opportun pour envoyer la missive : juger donc, du certain oubli effectué.

Je cherche l'originalité. Draguer, ne pas se comprendre, se disputer, être jaloux : tout cela est tellement banal !

J'ai d'ailleurs déjà pensé que nous étions... comme un vieux couple, avec ses disputes et ses jalousies.

Découvrir à travers les mots de l'autre sa propre image : découvrir son miroir qui tourne parfois… au miroir insupportable !

Il avait imaginé lui envoyer des lettres entièrement composées de caractères de journaux, dans le style des lettres anonymes (tout en laissant à chaque fois un indice suffisant pour qu'elle reconnaisse l'auteur des missives reçues).

Il n'osa cependant pas aller au bout de son rêve et le remplaça par des lettres à épisodes qu'il postait tous les deux jours.

Levallois-Perret, jeudi 28 décembre 2000

Vladimir Maïakovski signait ses lettres à Lili *« ton Volodia »*, *« ton chtchénok »*, *« chtchen »*, *« ton chtchen »* ou simplement *« ton »* suivi du dessin d'un petit chien.

Parfois une maxime comme « tout à toi », « tout à toi qui t'attends » ou encore « qui t'attends jusqu'à la mort ».

J'aime les femmes… qui ont du caractère.

Je commence à imaginer ce qu'il sera.

Il a envie de vivre un deuxième amour. Il est en recherche. En recherche de l'amour, le vrai, celui qu'il n'a peut-être encore   jamais vécu.

Levallois-Perret, dimanche 7 janvier 2001

Je l'ai trouvé belle, ouverte. Les fêtes lui ont vraiment réussi.

Il y a ceux qui ont souffert et ceux pour qui la vie a été jusqu'ici plus clémente, ceux, qui ont été épargnés.

L'amour… est le ciment.

Créer le manque, le vide, qui toujours nous collera à la peau.

Par contre, cela permet de se reconnaître.

Parfois la souffrance attire, parfois celle-ci repousse… et éloigne.
Parfois on s'accouple et parfois on se… déchire.

Ça y est : j'ai trouvé comment je vais terminer mon histoire (ce roman à deux personnages) : à la fin, ils s'embrasseront !

Levallois-Perret, jeudi 11 janvier 2001

Ces lettres étaient leur dernier lien, leur dernier fil, tendu sur,

l'aurore.

Ce serait basculer de l'autre côté, de l'autre côté de la vie.
– Oui, il hésitait.
Du côté de cette vie... qui serait folle, folle, et inscrite dans la seule déraison !

Maintenant elle partait, juste après, ne lui laissant que le temps, de constater son absence, son absence... ou sa fuite.

Ce n'est qu'une banale histoire de cul, comme celles qui ont déjà fait couler... tant l'encre de la littérature !

« Je te souhaite un très bonne nouvelle année », lui avait-il soufflé à l'oreille, le buste légèrement incliné pour l'occasion.

Ben oui, elle ne peut être que bonne : ne dit-on pas « Tout nouveau tout beau » ?

Ce qui l'étonnait, c'est qu'elle ne lui avait jamais fait une seule réponse.

Il avait pourtant inscrit une adresse, au dos de quelques lettres.

Levallois-Perret, jeudi 18 janvier 2001

Tu vois, tu es ma lectrice, ma première lectrice.

En écrivant, je m'adresse à une lectrice imaginaire.

Quel beau sourire. Elle est partie. Je ne fais… plus rien…

Il ne la voyait même plus… arriver.
Il ne la voyait même plus… repartir.

Éclipse.

Il ne restait plus, à chaque fois, que son absence… qui s'enfonçait dans la brume matinale.

Elle… s'évaporait.

Elle était devenue, maintenant pour lui, un véritable… fantôme.

Elle était là, et puis déjà ailleurs. Elle était devenue… un véritable mythe. Vivant !

Il l'aimait. Il le sentait à son cœur, qui se mettait soudain à cogner plus fort.

Il était le plus heureux des hommes, lorsqu'il pouvait, l'apercevoir. Il lui parlait alors. Un sourire naissait, en réponse. Doux. Illuminé.

Levallois-Perret, jeudi 1 février 2001

Pour finir, tu as eu... raison. Notre relation, était impossible. Je suis trop ancré, dans mon histoire.

La rencontre, puis la décision, commune, crée une histoire, dont il est difficile, de se dégager.

Revenir à la première histoire ? Oui. Quoi qu'il arrive ? Non : sans que je puisse, en dire vraiment plus.

Voilà, le roman, bientôt, va se terminer. Tu restes encore, accrochée à quelques visages, qui se présentent, avant qu'ils ne s'enfilent dans quelques couloirs, ou à travers quelques portes, qui donnent toujours... sur le dehors.

Autant d'apparitions, évanescentes, qui disparaîtront, de plus en plus, pour laisser la place, un jour, à la résurgence... du souvenir.

Parfois l'énonciation, se termine... en point final.

Je pris ensuite quelques autres notes, qui étaient destinées à constituer deux dernières lettres. Abattu, totalement démoralisé, celles-ci restèrent à jamais, dans mes tiroirs...

Levallois-Perret, courant 2001

Tu resteras toujours une personne… insaisissable. Voilà ce qui caractérise, et que je ne réalise vraiment… que maintenant.

Son dernier sourire, aura été un sourire… d'ange.

Mes lettres doivent t'arriver parfois comme ces coups de téléphone obscènes des hommes qui prennent plaisir à sortir à une personne inconnue les plus énormes grossièretés qu'ils ont emmagasinées depuis un très long moment, dans leurs fantasmes inassouvis.

Qui s'y frotte s'y pique. Mais qui s'y pique… s'y refrotte !

L'état de notre subconscient mis à nu nous prouverait que nous sommes bien tous… fous. Surtout ne pas perdre l'acquis des surréalistes ! Du temps où les surréalistes avaient raison.

J'aime les fesses, celles qui ont du caractère !

Il relisait, parfois un peu en arrière, et changeait alors un mot, un seul. Pour finalement dire la même chose.

Sa volonté première de correspondance n'avait en fait tourné, qu'au soliloque…

Il y eut un trou, un vide. Grand, béant.

Puis il y eut juste après cette suite de mois. Tu étais belle, heureuse. Toutefois, on ne se trouva pas.

Et puis à nouveau le vide. Définitif (comme dirait Serge Gainsbourg).

Et le souvenir de son sourire, coiffant le corps mis en beauté, apprêté pour l'amour. Elle disparaissait, pour toujours réapparaître derrière un coin de murs, éclatante, et languissante, dans la droite ligne de mon regard.

Tout commence toujours, par un regard.

Levallois-Perret, courant 2001

L'amour ne peut-il se vivre, que dans l'absence ?

Elle me l'a dit, oui, avoué, ce soir-là où tout aurait pu se passer : elle avait toujours reçu, lu, mes lettres, qui restaient pour elle… un immense bonheur.

Tout aura fini, avec un baiser dans le cou, et ma main, qui caressait la sienne…

La confidence est le ton privilégié… des adolescentes.

Et je me souviens de son dernier sourire, crispé, quand elle m'a refermé la porte… au nez.

Mais que cherchais-je, en écrivant ces   "fictions" ?

Le vent plaqua son corsage sur ses formes naissantes.

Christine, deux ans plus tard, me répondit par cette unique lettre qui est la seule qu'elle ne m'ait jamais adressée...

Londres, 2 janvier 2003

Cher Christian,

Il y a plus d'un an que nous nous sommes vus pour la dernière fois (était-ce quand je t'ai si cruellement mis à contribution pour régler mes problèmes de plomberie ?), mais je ne t'ai pas oublié !

Après le séminaire, j'ai finalement décidé de ne pas m'inscrire l'année suivante (que de revirements !), j'ai continué de vivoter quelques mois à Paris en préparant ma grande aventure ; car, comme tu l'as compris, je vis actuellement à Londres (depuis un mois).

Je pensais initialement travailler ici comme assistante de langue dans un établissement scolaire, mais, ma candidature n'ayant pas été retenue, j'ai choisi de partir coûte-que-coûte. Il est du reste plus facile de trouver un logement et un petit boulot ici qu'à Paris.

Je loue une chambre dans une famille, dans un quartier animé assez près de la City. J'ai travaillé un peu dans la restauration et à la *Royal Mail* en attendant mieux.

En bref, je ne souffre d'aucun dépaysement et suis ravie de changer d'air !

Je suppose que l'eau a coulé sous les ponts aussi en ce qui te concerne. Continues-tu à écrire ?

Je pense que tu as dû quitter le *Collège de France* pour replonger dans la vie "active". Comment cela s'est-il passé et que fais-tu maintenant ?

En attendant de recevoir de tes nouvelles, je te souhaite une excellente année 2003.

Yours faithfully,

Christine.

mon adresse : 9 Thesus Walk, Nelson Place, London N 1

Je remercie vivement C., qui m'a donné et permis de rendre présente la lettre finale de ce recueil. D'elle je ne conserve donc que l'unique écriture de cette dernière lettre ainsi que le souvenir de sa jeunesse. Si toutefois cette dernière était amenée à lire, relire, ce livre, je m'excuse par avance d'avoir pris la décision de publier ces mots, n'ayant pu la contacter au préalable.

QUELQUES NOTES

EN DEUX ÉTAPES

Je me réveille en pleine nuit et suis poursuivi par l'idée d'un journal à deux personnages. Un homme et une femme se rencontrent et décident de s'échanger des lettres composées de suites de réflexions.

Mercredi 11 novembre 1992.

Il faut que le lecteur devine ce que les deux personnages ont vécu ensemble entre deux échanges de lettres. Je dois donc rajouter des scènes qui suggèrent au lecteur ce qui s'est passé entre eux deux : il se souvient, rêve et parle alors au « il ».

Vendredi 13 novembre 1992.

Et pourtant il n'y en a qu'une seule, mais une voix qui s'adresse, rend compte et réagit à une autre.

Saint-Denis, jeudi 26 novembre 1992.

Il n'y a peut-être pas assez d'éléments qui alimentent l'imaginaire de la fiction.

Saint-Denis, jeudi 3 décembre 1992.

Et pourquoi ne pas joindre le récit de la réalité après les lettres ? Le lecteur découvrirait l'histoire qui était entre les lignes. Il découvrirait le degré premier après avoir pris possession du deuxième avec les lettres.

Saint-Denis, lundi 7 décembre 1992.

Écrire un roman avec deux personnages principaux. Ils vivent une aventure, se cherchent à chaque rencontre. À la fin : ils s'embrassent ! (C'est un peu le projet de ce *« Journal à deux voix »*).

Saint-Denis, lendemain.

Certains passages des lettres seraient à retravailler. Je pense plus particulièrement à cette lettre où j'ai accolé trois rêves. Ceux-ci seraient à égrainer sur les lettres suivantes.

Jeudi 10 décembre 1992.

Au fur et à mesure, le « il » et le « elle » disparaissent, s'effacent.

Saint-Denis, même jour.

*

* *

L'idée du récit « *le Timide et la prostituée* [1] » est partie de cette lecture que j'avais préparée et effectuée à partir de mon journal *Un certain goût d'opiniâtreté* première version – qui possédait encore toutes mes notes « Futures écritures », il y avait des passages sur les « gros seins »… Cela devait être au début du mois de juin 1995.

* *

Mon « *Journal à deux voix* », et les fragments de mon journal que je viens de rassembler et d'appeler « *le Timide et la prostituée* » : deux récits, pour explorer une même voie – une même forme – de l'écriture : le récit-par-fragments.

Juillet 1996.

« *Sans queue ni tête* ». Ce titre d'un texte (et certaines idées) que je devais lire en introduction à une lecture du *Journal à deux voix* (à retravailler) le 1 juin 1996 (voir le premier tome de mon journal *un Certain goût d'opiniâtreté*) se révèle très instructif sur la "philosophie" mise en œuvre pour l'écriture de ces « *récits-par-fragments* ».

Quelques jours, mois ou années plus tard…

« *Sans queue ni tête* », avais-je intitulé cette présentation, c'est-à-dire, le coq-à-l'âne. Jeu, tension, entre unité (de l'histoire qui se tisse de fragments en fragments, de

---

[1] Ce récit a été depuis intégré au recueil *Je ne suis que le regard des autres* publié chez Z4 Éditions.

rapprochements et rapprochements) et discontinuité (le coq-à-l'âne, véritable "cut off" naturel).

Lundi 16 février 1998, juste avant d'éteindre la lumière.

*
*   *

Journal à deux voix : définitivement adopté la date de "2000" à "2001" (à cause de la dernière et seule lettre de "janvier 2003"), le lieu de "Levallois-Perret", les prénoms de "Catherine" et "Christian", et le "*Collège de France*" (à cause du choix des cours de Bourdieu). Avec l'introduction réalisée, ce roman épistolaire/récit-par-fragments devient une véritable fiction.

Mardi 12 août 2003.

Dans le *Journal à deux voix* les séquences du récit-par-fragments sont "encapsulées" dans des "lettres".

TGV Sète-Paris, mardi 22 mai 2018.

Le *récit* Journal à deux voix *a été publié en édition numérique par* Écrivains en ligne – *qui publiait entre autres des nouvelles de Christophe Donner, Hugo Marsan, Arnauld Pontier, Emmanuelle Urien – à la mi février 2006.*

Des passages du récit Journal à deux voix *ont premièrement fait partie de la sélection de Zorica Sentic pour son projet d'anthologie* Sais-tu ce que c'est que l'amour ? – *projet abandonné.*

Le début du récit Journal à deux voix *depuis sa première publication a été très légèrement revu.*

JOURNAL À DEUX VOIX
SUIVI DE
QUELQUES NOTES EN DEUX ÉTAPES

Achevé d'imprimer en juillet 2018
Pour le compte de Z4 Editions